دار جامعة حمد بن خليفة للنشر
صندوق بريد 5825
الدوحة، دولة قطر

www.hbkupress.com

I want a Mum Robot

Copyright © II Castello S.r.l., Milano 73/75 - 20010 Cornaredo (Milano), Italia

جميع الحقوق محفوظة.

لا يجوز استخدام أو إعادة طباعة أي جزء من هذا الكتاب بأي طريقة دون الحصول
على الموافقة الخطية من الناشر باستثناء حالة الاقتباسات المختصرة التي تتجسد
في الدراسات النقدية أو المراجعات.

الطبعة العربية الأولى عام 2022

دار جامعة حمد بن خليفة للنشر

الترقيم الدولي: 9789927161650

تمت الطباعة في الدوحة - قطر.

مكتبة قطر الوطنية بيانات الفهرسة – أثناء – النشر (فان)

كالي، ديفيد، مؤلف.

[I want a Mun robot]. Arabic

لو أن أمي روبوت! / تأليف ديفيد كالي ؛ رسوم آنا لورا كانتون ؛ ترجمة ريما إسماعيل. الطبعة العربية الأولى. – الدوحة : دار جامعة حمد بن خليفة للنشر، 2022.

27 صفحة ؛ 28 سم

تدمك: 978-992-716-165-0

ترجمة لكتاب: I want a Mun robot.

1. قصص الأطفال الإيطالية -- المترجمات إلى العربية. 2. الكتب المصورة. أ. كانتون، آنا لورا، رسام. ب. إسماعيل، ريما، مترجم.

ج. العنوان.

PZ7.1. C35125 2022

202228568357 823.92– dc23

لوْ أنَّ أُمّي رُوبُوت!

تأليف: ديفيد كالي
رسوم: آنا لورا كانتون
ترجمة: ريما إسماعيل

دار جامعة حمد بن خليفة للنشر
HAMAD BIN KHALIFA UNIVERSITY PRESS

أُمِّي تتركُني وحْدِي دائمًا. تذهبُ إلى عملِها يوميًّا، حتى في أيامِ السبتِ.

وحينَ أعودُ منَ المدرسةِ، أجدُ طعامِي جاهزًا، وإلى جانبِهِ الملاحظةُ ذاتُها:

«لا تنسَ... نظِّفْ أسنانَك، وأكمِلْ واجباتِك المدرسيةَ، ورتِّبْ غرفتَك».

بعدَ أنْ أُنهي طعامِي...
أُنظِّفُ أسنانِي،
وأُنجزُ واجباتِي المدرسيةَ،
وأُرتِّبُ غرفتِي.
وعندئذٍ أجدُ نفسِي وحيدًا معَ القطةِ...
يا لَهُ منْ مللٍ كبيرٍ!

لذلِكَ قرَّرتُ أنْ أصنعَ لنفسِي أُمًّا «رُوبُوت»!

السيارة
الخارقة

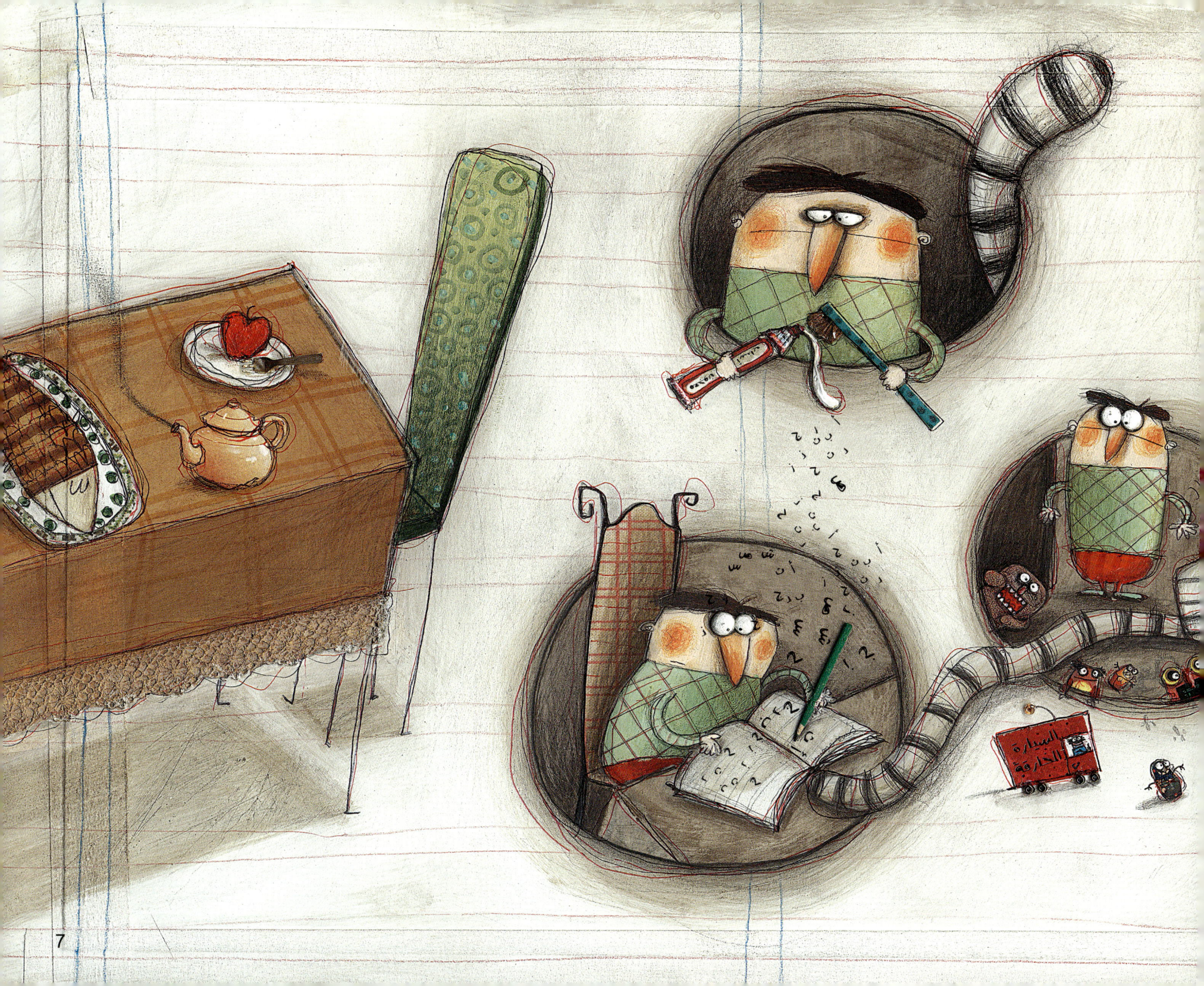

أُمِّي الرُّوبُوت، لنْ تذهبَ إلى مكتبِها أبدًا، بلْ ستصحبُني إلى المدرسةِ يوميًّا.

أتخيَّلُ رؤيةَ الغيرةِ الشديدةِ في عيونِ الأطفالِ،

فليسَ لدى أحدٍ منْهم أمٌّ رُوبُوت.

أُمِّي الرُّوبُوت، لنْ تتركَنِي وحْدِي أبدًا،

بلْ ستَحمِيني دائمًا:

منَ الكلابِ التي تلاحقُني في الطريقِ...

ومنَ المتنمِّرينَ الذينَ يسلبونني
وجبتِي الخفيفةَ في المدرسةِ...

ومنَ السياراتِ التي تَعبُرُ
الإشارةَ الحمراءَ...

ومنْ جارتِنا في الطابقِ الثالثِ،
التي تقرصُ خدِّي كلَّما رأتْني
في المصعدِ.

أُمِّي الرُّوبُوت تَطبخُ لي أَكلاتِي
المفضَّلةَ فقط.

فهيَ تقدِّمُ لي:

البطاطا المقرمشةَ...

والبيتزا ... والفشارَ...

وقطعَ الدجاجِ المقليةَ
(التي نراها عبرَ التلفزيونِ)
وبالتأكيدِ... السباغيتي!
ولا تَطهو أبدًا:
طبقَ الملفوفِ...

والسمكَ المسلوقَ...
والدجاجَ المسلوقَ...
والبطاطا المسلوقةَ...
وحساءَ الخضراواتِ...
والبازِلّاءَ المسلوقةَ.

أُمِّي الرُّوبُوت، ذكيَّةٌ جدًّا أيضًا،
فهيَ تُنْهي واجباتِي بدلًا عنِّي...
وتكتبُ موضوعاتِ الإنشاءِ
بخطٍّ يُطابِقُ خطِّي تمامًا...
وترسمُ خرائطَ دروسِ الجغرافيا.

أُمِّي الرُّوبُوت طيِّبةٌ مثلُ أُمِّي الحقيقيةِ.

بلْ أكثرُ طيبةً لأنَّها تَبْقى قُرْبِي دومًا!

ولا تُجبرُني على تنظيفِ أسنانِي...

وتَترُكُني أسهرُ حتَّى ساعةٍ متأخرةٍ

لمشاهدةِ أفلامِ الرُّعبِ...

ولا تطلبُ منِّي ترتيبَ غرفتِي...
ولا تؤنِّبُني أبدًا!
وإنْ هيَ فعلتْ أسارعْ إلى إيقافِ تشغيلِها على الفورِ.

ها قدْ أصبحتْ أُمِّي الرُّوبُوت جاهزةً.

ومِثلَما أريدُها تمامًا!

لكنْ ينقصُها أمرٌ واحِدٌ فقط:

أنَّها لنْ تمنَحَني الدفءَ مثلَ أُمِّي الحقيقيةِ!

أُمِّي الرُّوبُوت لا تملِكُ العاطِفةَ مثلَ أُمِّي الحقيقيةِ!
ولا تُعطيني الحنانَ مثلَ أُمِّي الحقيقيةِ!
ولا تَحضُنُني مثلَ أُمِّي الحقيقيةِ!
لذلكَ قررتُ أنْ أُفكِّكَها، وأصنعَ شيئًا آخرَ.

عندما عادتْ أُمِّي الحقيقيةُ إلى المنزلِ، سارعتْ إلى احتضانِي وتقبيلي. ثُمَّ سألتْني: «ما هذا؟»

فقلتُ لها: «إنَّه كلْبي الرُّوبُوت يا أُمِّي، هلْ أعجبَكِ؟»

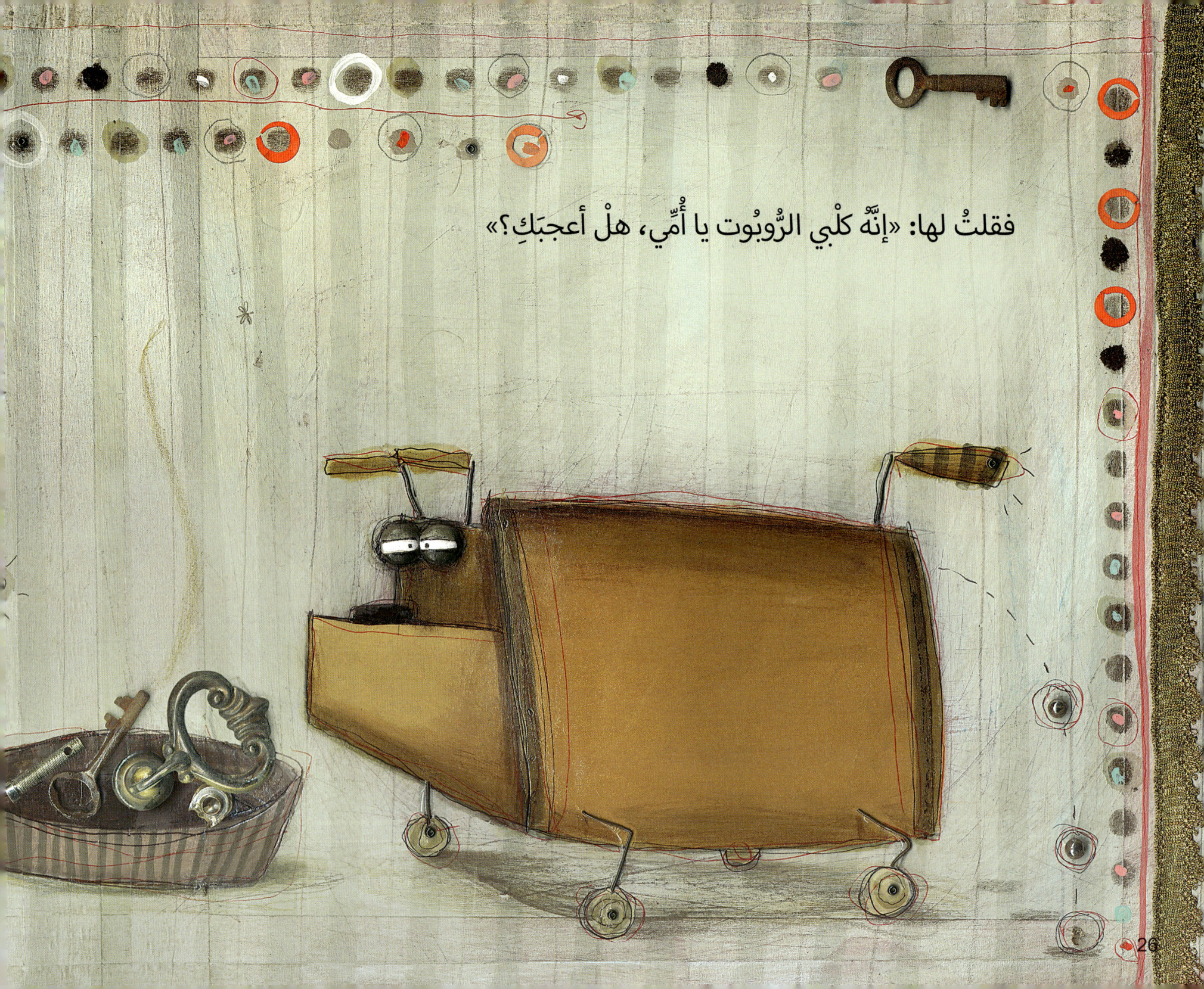